AF496215
8° Z
LE SENNE
12757
(2)

CES MESSIEURS !

Quousque tandem.....
CICÉRON

UN FRANC

PARIS

LIBRAIRIE DE JULES TARIDE

2, RUE DE MARENGO, 2

1860

L'ÉCOLE DU SCANDALE

CES MESSIEURS !

Quousque Tandem.....

CICÉRON

UN FRANC

PARIS

LIBRAIRIE DE JULES TARIDE

2, RUE DE MARENGO, 2

1860

I

C'est au public qui doit être éclairé pour juger sainement, c'est à ceux qui, chargés de juger avant le public, devraient être assez forts de leurs propres lumières, que je m'adresse.

Quel que soit le nom que l'on veuille donner à ces pages, elles ont leur raison d'être, et, chose triste à dire comme à penser, elles l'auront peut-être longtemps encore.

On pourra, je le sais, me contester le droit de mettre le doigt sur une plaie que je n'ai pas le pouvoir de guérir; mais quand le vice et la bêtise humaine s'étalent complaisamment, ne puis-je pas dire sincèrement ce que j'ai vu?

EUSÈBE.

MANÉ, THÉCEL, PHARÈS.

Il se publie en vérité d'étranges choses depuis quelques semaines, et de curieux noms inconnus hier, s'affichent sur la muraille de ce que l'on est convenu d'appeler : *la moderne Babylone*.

Une fille a fait effrontément étendre par *un monsieur* ses haillons en plein soleil; elle a jeté son cri rauque et bizarre; tous deux n'étaient que ridicules; on leur a fait de leur impudeur une gloire, et voici que chacun s'en va cherchant partout, s'il n'a pas sous la main quelque honte inédite dont il se puisse faire une célébrité. — Hier les mémoires de *cette demoiselle*; l'histoire réaliste de *ces dames* avec leurs noms, surnoms, portraits, etc., voilà pour aujourd'hui !

Mais, messieurs les biographes de l'infamie que publierez-vous demain? *leurs adresses?* Et quand les pauvres femmes n'auront plus rien à faire connaître, plus rien à vendre, vous chercherez ailleurs et vous trouverez, je n'en doute point, bien des hideurs morales..... mais après?....

..... Vous serez riches d'or ainsi gagné ; vous ferez *une fin honorable*, et vous cacherez à vos enfants les restes de l'édition. — Allons, vous méritez bien aussi, que l'on ajoute un chapitre à l'histoire de la prostitution que vous écrivez si galamment, et que dans ce chapitre il soit traité de vous.

Il ne faut pas qu'il soit dit qu'on a laissé passer vos petits volumes et vos grands articles sans vous les rejeter à la face. Mes beaux enfants, vous avez touché aux verges, gare qu'on vous en donne !

De ci, de là, chevauchant dans votre monde, je vais prendre au hasard quelques-uns d'entre vous: ce sera beau spectacle pour la foule et grande liesse pour moi, de voir exposés en expiation les chiens courants du scandale, hors du chenil, tout nus.... comme ces dames !

III

L'HOMME ROUX.

D'où qu'il sorte, il est laid; d'où qu'il vienne, il sourit d'un sourire fixe qui donne froid. Ses lèvres minces et arquées semblent toujours prêtes à siffler; ses yeux sont ternes et inanimés ; il soigne sa barbe et sa chevelure, sa mise est recherchée, mais il aspire vainement à l'élégance; son air d'aisance est factice; il est né commun, il n'est pas de race.

Vous l'avez vu, partout, son type se multiplie, ils sont vingt peut-être dans la même coterie et pourtant il semble que l'on n'en connaisse jamais qu'un. Il cherche dans l'almanach le nom dont il signera chaque œuvre nouvelle, et de cette façon il paraît n'être d'aucune ou être de toutes.

Parmi les siens on l'aime peu, mais on compte avec lui; non qu'il soit dangereux, ni fort; on le craint, comme les voleurs craignent les femmes et les petits chiens.

Il a su faire admettre sa personnalité malsaine; il s'est glissé comme un courant d'air par toutes les portes entr'ouvertes, et tenace comme un parasite, une fois entré, n'a plus lâché pied.

Cauteleux par nature, plus encore que par besoin ou par peur, il a su flatter toutes les vanités, trop lourdement pour se faire prendre au sérieux, assez adroitement pour se faire écouter. Son système actuel a pourtant du succès, il est fort simple, et consiste à dire naïvement aux gens du mal sans restriction de tous ceux qu'ils peuvent envier, et un peu de bien des autres.

Son industrie la plus féconde est *le scandale de cir- constance*, il en vit largement et n'en est pas plus fier.

Nature anguleuse et maigre, tout en lui est sec, esprit, talent, cœur surtout.

Il est assez souple pour entrer partout ; actif, au point de se multiplier à l'infini et de visiter presque à la même heure, tout à la fois, le boudoir d'une lorette, le garni d'un étudiant, le cabinet d'un collabora- teur, l'antichambre des puissants, les bureaux des journaux, le pot au rouge des actrices et les four- neaux littéraires du café des Variétés.

Méchant par instinct autant que par profession, il a tous les besoins de sa situation; il recherche la ré- clame, mais il a peur de la critique; il a voué une haine jalouse et implacable à cette puissance devant laquelle il lui faut courber sa vanité, sa vanité dont il fait d'ailleurs si bon marché.

Pour qui voudrait écrire une histoire anecdotique de sa vie, il y aurait d'étranges choses à conter, sans doute; mais en tout, et toujours, le personnage ne serait qu'au dernier plan, tant il a en lui le talent de s'effacer pour paraître. Il a réussi à faire penser que sous sa nullité évidente, un mérite est caché, et lui-même a fini par croire en lui-même.

Trompe-l'œil littéraire, il n'est ni poète, ni écri- vain, ni journaliste, ni auteur; il est tout cela réuni pour le plus grand ébaubissement de la foule; c'est le jocrisse du Nicolet moderne qui trône au boulevard du temple de 1860; il fait la *parade-réclame*, et gagne au moins vingt mille francs par an, à débiter sur tous les tréteaux de la capitale ses malséantes grivoiseries.

L'homme de lettres roux, n'est pas un homme de lettres; il n'est qu'un amuseur public.

..... *Passons outre !*.....

IV

L'HOMME BRUN.

Salut au maître en l'art du chantage ! au critique qui fait du grand homme d'hier le paria de demain, de l'inconnu de la veille, l'homme célèbre du jour qui suit. — Plume habile et, dit-on aussi, habile épée; despote qui tient dans sa main autocratique l'avenir de tous ceux qui rêvent la gloire de l'artiste ou de l'écrivain.

Holà! l'homme replet, le puissant seigneur du lundi, Janus aux deux feuilletons, vous plairait-il un peu nous laisser entrevoir votre sourire de condottiere au travers de votre barbe épaisse ? Bas le masque, s'il vous plaît, et que votre porte à tous fermée s'ouvre un instant toute grande, pour nous !

Vous du moins, vous avez du talent, de l'esprit, de l'intelligence; vous êtes en apparence maître de vos passions; — s'il vous en reste d'autres que la rapacité et la luxure, les seules que l'on vous connaisse bien, vous valez en somme que l'on cause de vous.

— L'homme brun est physiquement un bel homme à la tête intelligente et aristocratique. Il est venu quelque jour d'un point du monde qu'il a oublié lui-même, sans argent, en haillons, sans souliers, tout d'une traite, jusqu'à Paris. Il courait à la fortune comme Don Juan à un rendez-vous d'amour, sûr de lui, certain de la victoire, s'inquiétant peu du prix qu'il l'achtèrait, mais comptant d'avance ce qu'il la ferait payer.

Il est donc riche, puisqu'il est puissant. — L'art est pour lui un domaine, sur lequel il prélève à son gré des impôts honteux mais lucratifs. Il a pris boutique à un rez-de-chaussée, et tient magasin de célébrité avec laboratoire de scandale.

Derrière ses colonnes il s'embusque à jour fixe la plume au poing et demande la charité.

Mendiant de race, il sourit gracieusement et mar—motte une ou deux phrases à celui qui lui jette sa bourse ; mais il est sans pitié pour qui *n'a pas de monnaie.*

Il a fait taire autour de lui tous ceux qui pouvaient devenir ses rivaux : sa puissance est occulte, mais certaine. Il en enferme le secret dans un mutisme absolu, dans une feinte misanthropie. — Lui seul sait encore combien de talents il a fait tomber ou laissés dans l'oubli, combien de plates nullités il a fait parvenir.

Mais ceux qu'il a prônés, comme ceux qu'il a honnis, le haïssent également, et ce sera fête à Venise le jour où l'on en chassera *Pierre d'Arezzo.*

V

L'HOMME CHATAIN.

Ce n'est plus une figure qui se dessine franchement sur un fond quelconque; l'homme châtain, pour être quelqu'un, n'a pas le temps d'être quelque chose. Interrogez ceux qui le connaissent, aucun ne vous le dépeindra de même; — il ressemble à tout le monde et ne ressemble à personne; c'est un être bâtardé, impossible à classer zoologiquement. Il a fait tous les métiers connus ou inconnus et en fera bien d'autres encore. — Infatigable autant qu'âpre à la curée, il sait tout, voit tout, entend tout, et fait argent de tout. Loyauté, pudeur morale, respect de soi–même et d'autrui; il a tout risqué sur le tapis vert où il a joué sa terrible partie. Il a tout perdu, et parce qu'il a soldé en riant sa dette de déshonneur, il s'est cru gentilhomme !

Puis son honorabilité une fois dépréciée, il a prostitué et vendu chèrement celle des pauvres écoliers, mâchefaim littéraires, qu'il achetait pour un morceau de pain.

Certes, il a reçu bien des coups de bâtons, le Scapin du journalisme, mais à tant par coup cela fait une somme; les coups s'effacent, l'argent reste, et la pièce d'or n'est pas ternie par l'impureté du marché dont elle est le prix.

. . . .

« Sonnez clairons ! battez tambours ! cloches prenez le branle ! tapage mes fils ! on entend encore la trompette de la baraque d'à côté; couvrez de bruit sa fanfare ! allons Pierrot et Jeannot, mes enfants, mettons sur nos épaules les grosses têtes de carton pour faire rire le public; la foule s'amasse, bravo ! bravo ! la recette sera grasse aujourd'hui : il y a là bien des niais à trente centimes par tête ! Qu'on apporte à Pierrot le grand rasoir de bois peint; à Jeannot, la cuvette de carton et le pinceau de chiendent..... Et le compère ! où est le compère ? j'en avais pourtant désigné un.... ah ! le voilà là-bas ! eh bonhomme ! vite sur la sellette, qu'on vous rase joyeusement; allons Jeannot, du plâtre, du plâtre, barbouille-le bien pour qu'il soit plus drôle, et toi Piérrot, fais semblant de lui couper le cou, cela fera rire ! Déployons l'affiche de calicot : le programme est attrayant !—Les trois célèbres hercules *tomberont :* toute personne de la société qui voudra bien les honorer de leur confiance, puis ils lutteront entre eux de force, de grâce, d'agilité et de souplesse. — On verra le grand Ugolin, mangeur célèbre à tous les rateliers, qui a dévoré ses enfants pour leur conserver un père. — On verra des jongleurs inimitables de la plus tendre jeunesse, des danseurs de corde à peine sevrés, des disloqués encore au biberon. — On verra l'illustre dompteur de bêtes qui cravachera les plus féroces d'entre elles et leur donnera ensuite à manger dans sa main. — Puis sur un théâtre improvisé, deux artistes de la troupe représenteront la grande scène comique de Paillasse et d'Arlequin. — On continuera le spectacle par L'INTÉRIEUR D'UNE FAMILLE, drame nouveau entièrement inédit et du plus haut intérêt, et l'on finira par LA VIE PRIVÉE, vaudeville grivois du répertoire ? — Montez, montez, Messieurs et Mesdames, ça ne coûte que six sous ! montez, montez chez nous ! trente centimes ! trente centimes seulement ! montez, montez, montez ! »

..... Le dernier badaud entré, l'homme châtain, jette les yeux sur la fête déserte, regarde en souriant les trois gamins en guenilles, qui seuls écoutent encore le boniment du saltimbanque voisin, et se met tranquillement à compter la recette.

VI

L'HOMME BLOND.

C'est un bohême à l'absinthe, dont l'haleine est alcolisée, le style et la parole panachées comme sa boisson.

Il n'a rien à lui : tout ce qu'il porte, tout ce qu'il boit, même tout ce qu'il écrit lui vient des autres. A peine mériterait-il de figurer dans ces rapides esquisses, s'il n'était pas par lui-même la dégénérescence d'un type qui fut toujours placé aux derniers degrés de l'échelle morale, mais qui eut ses heures de grandeur, qui fut parfois sublime et surtout constamment original.

Il n'a cependant rien d'élevé dans les idées, rien qui vibre dans le cœur ; mais il exploite tout ce qui est généreux; il recherche les honnêtes gens, les belles âmes dont la confiance naturelle est pour lui plus facile à duper. Près d'eux il se pose en redresseur de mœurs, en héros de la misère, et les attendrit.

Arrogant avec les faibles et les jeunes, platement servile avec les puissants et les riches, il soutire des uns par son aplomb, des autres par son humilité les verres d'absinthe quotidiens, et il lui faut cent fois plus d'intelligence et d'habileté pour les gagner, qu'il ne lui en faudrait pour rester honnête homme et manger tous les jours.

C'est lui qui a déshonoré cette caste à part, hardie, intelligente, vivant heureuse et gaie, fière dans sa

misère et son insouciance : cette pléïade jadis tant ai-
mée de la bohême honnête.

Il a pris place dans ses rangs si facilement ouverts à
tout ce qui pense et souffre; il a copié ses allures, volé
ses idées, appris son langage jeune et enthousiaste ;
s'est donné partout pour un de ses enfants, et c'est en
son nom que chaque jour il mendie un repas, un sou-
per, une tasse de café.

On l'a vu passer ivre dans toutes les rues, et l'on a
dit : la bohême s'enivre; on lui a prêté de l'argent, et
l'on a crié : la bohême ne rend jamais ce qu'elle em-
prunte; on l'a entendu renier les bienfaits de la veille,
mettre à l'encan sa plume ou sa parole, vendre pour
aller boire les contremarques de théâtre qu'il avait
gratuitement reçues, tromper, duper tout le monde et
partout...... et l'on a condamné fatalement et sans ré-
mission cette pauvre bohême dans le manteau troué de
laquelle il se drapait.

..... Et personne n'a songé qu'il avait escroqué, ce-
lui-là comme les autres, et personne n'a dévoilé ses
honteuses turpitudes et ne lui a dit : « Va, bois, mon
bonhomme divague spirituellement, bats les murailles,
combats les moulins, imite les télégraphes avec tes bras,
tes jambes et tes moustaches, laisse-toi tutoyer par
Machinski, demande au garçon de café la pipe pu-
blique, sois amoureux du régiment des blondes, sois
un des martyrs de la brasserie de ce nom !

Faux don Juan près des femmes, faux don César
de Bazan près des hommes, mets en haillons ton
cœur, ton esprit, ton honneur, pour en laisser un morceau à chaque chiffonnier, à chaque tas d'immondices;
puis à ton tour saisissant la lanterne, va nocturne-
ment interroger les détritus que chacun a fait jeter de-

vant sa porte; tu y liras l'histoire de sa vie privée. Chaque débris te parlera de son intérieur.

Dès lors, tu sauras ce que fait ton homme; si sa table se couvre de primeurs ou de mets modestes, s'il est enfin riche ou pauvre. Cela vaut mieux, crois-moi, et cela est plus facile que de le voir face à face et de lire son âme dans ses yeux.

Mais surtout, ne sois pas un honnête homme, allant droit chemin, le front haut, le cœur pur: allons donc ! suis ton siècle, cela n'est ni difficile ni dur, — il va lentement.

— Prends les sentiers de traverse : ils sont tortueux, pleins d'ornières et de boue; la ronce les obstrue; mais ils conduisent plus vite et plus sûrement au but ceux qui ne craignent pas d'arriver crottés.

FIN

Imprimé par Georges Kugelmann.

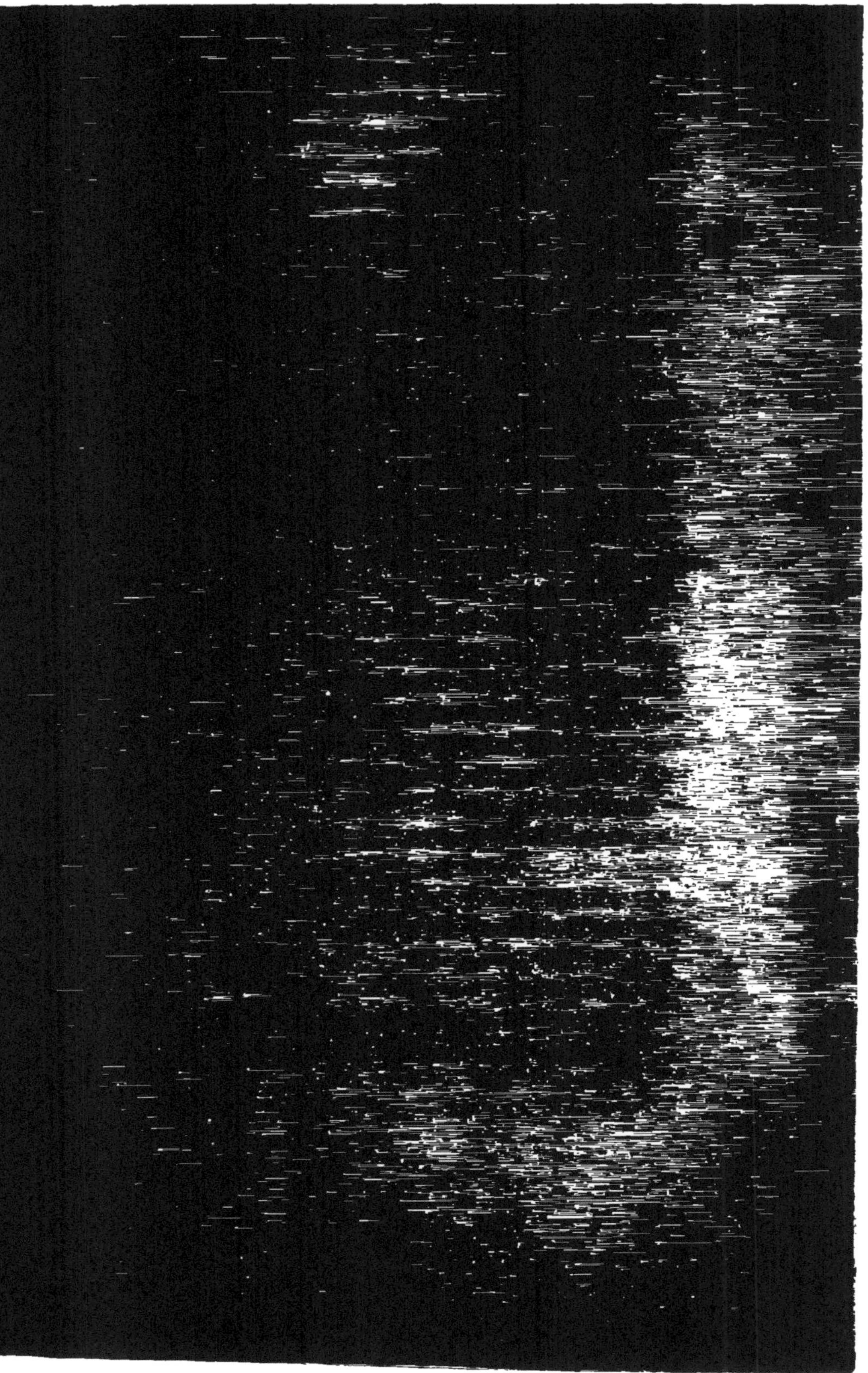

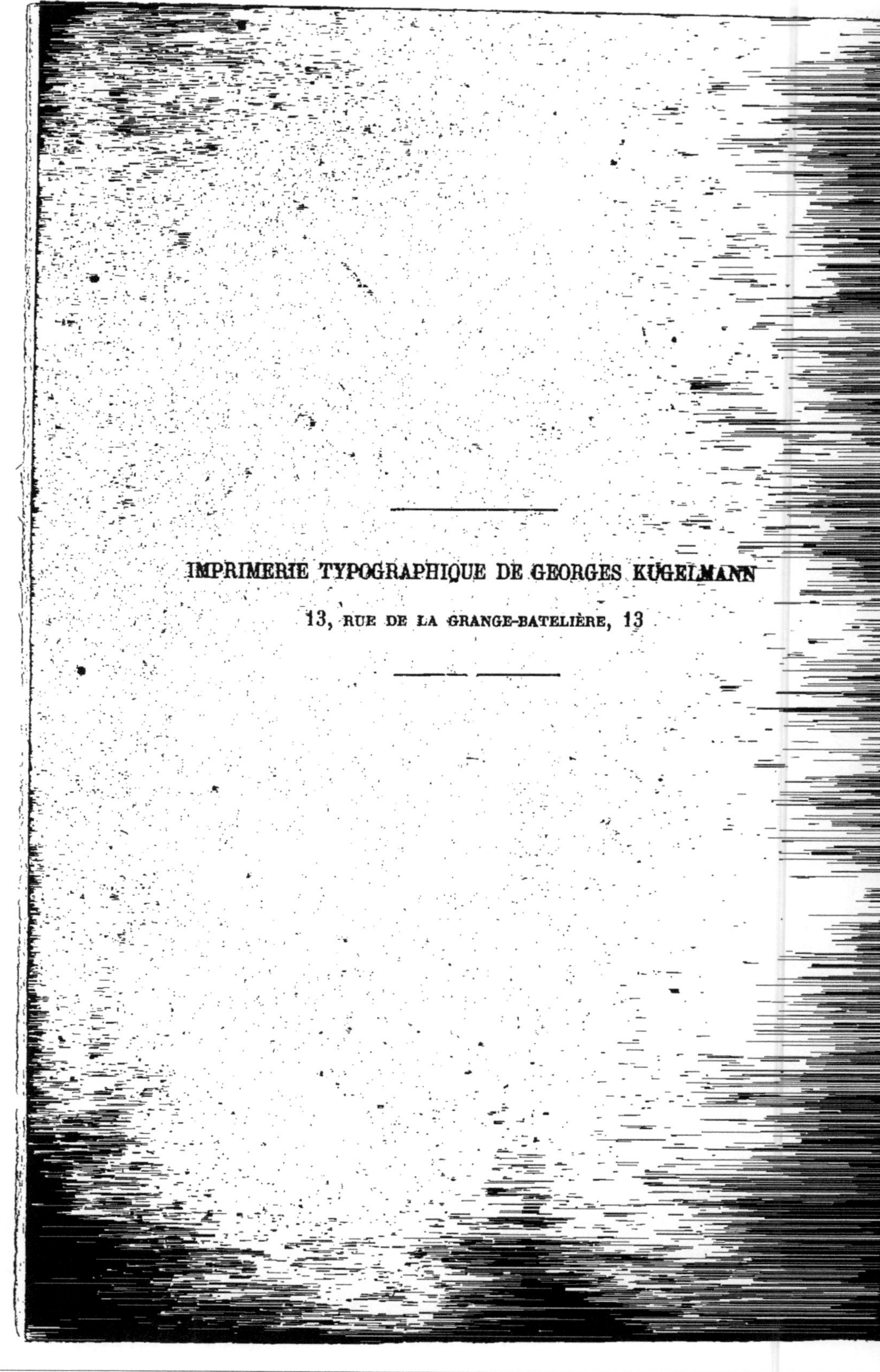

IMPRIMERIE TYPOGRAPHIQUE DE GEORGES KUGELMANN

13, RUE DE LA GRANGE-BATELIÈRE, 13

BIBLIOTHEQUE NATIONALE DE FRANCE
3 7531 04325299 9

www.ingramcontent.com/pod-product-compliance
Ingram Content Group UK Ltd.
Pitfield, Milton Keynes, MK11 3LW, UK
UKHW021209230726
13926UKWH00001B/416